AF293661

HÉSIODE ÉDITIONS

ARTHUR CONAN DOYLE

Charles-Auguste Milverton

Hésiode éditions

© Hésiode éditions.

1 rue Honoré - 93500 Pantin.
ISBN 978-2-38512-164-8
Dépôt légal : Janvier 2023

Impression Books on Demand GmbH

In de Tarpen 42
22848 Norderstedt, Allemagne

Charles-Auguste Milverton

Voilà des années que ces événements se sont déroulés, et, pendant long-temps, il m'eût été impossible de les raconter. Aujourd'hui, l'héroïne n'a plus de comptes à rendre à la justice humaine, et je puis, sans inconvénient pour qui que ce soit, les publier en modifiant, bien entendu, le nom des personnes et la date exacte des faits, pour conserver l'incognito des acteurs. On nous verra, M. Sherlock Holmes et moi, sous un jour absolument inconnu.

Nous venions de rentrer de promenade, tous les deux, vers six heures, un soir d'hiver, où il gelait à pierre fendre. Holmes alluma la lampe et son regard tomba sur une carte placée sur la table. Il l'examina, puis, avec un geste de dégoût, la jeta à terre. Je la ramassai et je lus :

Charles-Auguste Milverton,
Appledore Towers
Hampstead
Agent.

– Qui est-ce ? demandai-je.

– Un des hommes les plus infects de Londres, répondit Holmes en s'asseyant et en allongeant ses jambes devant le feu. Y a-t-il quelque chose d'écrit au dos ?

Je retournai la carte, et lus :

– Viendrai, 6 heures 30. C. A. M.

– Hum ! c'est à peu près l'heure. Avez-vous ressenti, Watson, une sensation de dégoût indéfinissable, lorsque, visitant les serpents au Jardin zoologique, vous avez pu examiner ces êtres venimeux, avec leurs yeux de cadavres et leur tête aplatie ? Eh bien, c'est l'impression que me produit Milverton ! J'ai eu dans ma carrière, à m'occuper de plus de cinq cents assassins ; aucun d'eux ne m'a fait éprouver le sentiment de dégoût que je ressens pour cet homme. Pourtant, je ne puis éviter d'avoir des rapports avec lui ; il vient même ici sur ma demande.

– Qui est-il donc ?

– Je vais vous le dire, Watson. C'est le roi des maîtres chanteurs. Que Dieu protège l'homme ou la femme dont le secret et l'honneur sont tombés entre les mains de Milverton ! Avec une face souriante et un cœur de marbre, il vous broie, vous presse jusqu'à la dernière goutte ! C'est un génie à sa manière, et il aurait pu se faire un nom dans un métier plus honnête. Voici comment il opère : il annonce qu'il payera très cher des lettres ou des documents pouvant compromettre des gens riches, ou d'un rang élevé. Il trouve une clientèle tout indiquée, non seulement parmi les valets ou les femmes de chambre, mais encore parmi certains hommes ignobles qui savent inspirer l'amour à des femmes trop confiantes. Il n'y va pas de main morte : je sais qu'il a payé une fois sept cents livres à un laquais, un mot de deux lignes qui causa la ruine d'une noble famille. Tout ce qui est à vendre va à Milverton, et il y a des centaines d'êtres humains, dans cette immense cité, qui pâlissent à son nom. On ne sait quand on sentira son étreinte ; il est si riche et si habile, qu'il peut et sait attendre pour agir, le moment propice. Il gardera son atout pendant des années pour l'abattre au moment où l'enjeu sera le plus élevé ! Je vous ai dit que c'était l'homme le plus abject de Londres. Comment, en effet, pourrait-on comparer un de ces bandits assassinant un homme, dans un moment de colère, à ce personnage, qui, méthodiquement, de sang-froid, torture l'âme, broie les nerfs, dans le but de grossir encore ses sacs d'or déjà si gonflés ?

J'avais rarement entendu parler mon ami avec autant de chaleur.

– Mais cet individu-là, dis-je, ne tombe-t-il pas sous le coup de la loi ?

– En droit, cela ne fait pas de doute, dit-il, mais, en fait, non. Quel inté-

rêt aurait une femme à le faire condamner à plusieurs mois de prison, si
le résultat devait être sa ruine immédiate ? Les victimes n'osent donc se
plaindre. S'il lui arrivait de s'attaquer à une personne innocente, certes
oui, nous pourrions le prendre sur le fait, mais il est rusé comme le diable
en personne… Non, non, c'est sur un autre terrain qu'il faut chercher à le
pincer.

– Pourquoi vient-il ici ?

– Parce qu'une cliente de la plus haute noblesse, lady Eva Brackwell,
la plus élégante débutante de la dernière saison, a mis sa cause entre nos
mains. Elle doit épouser dans quinze jours le comte de Dovercourt. Ce
démon de Milverton a, en sa possession, plusieurs lettres imprudentes
(imprudentes, Watson, et rien de plus), écrites par elle à un jeune homme
de province sans fortune, qui les lui a vendues. Elles suffiraient à faire
rompre le mariage. Milverton doit les envoyer au comte si la jeune fille ne
lui verse une grosse somme d'argent. Elle m'a prié de le voir et, si possible, de traiter l'affaire avec lui.

Au même instant, j'entendis un remue-ménage dans la rue. Mettant la
tête à la fenêtre, j'aperçus un superbe équipage, dont les lanternes se reflé-
taient sur la robe de deux superbes chevaux alezans. Un valet de pied
ouvrit la portière, et un petit homme obèse, vêtu d'un pardessus d'astra-
kan, descendit de voiture. Un instant plus tard, il faisait son entrée dans
l'appartement.

Charles-Auguste Milverton approchait de la cinquantaine. Il avait une
tête large et intelligente, une figure ronde et rasée, un sourire faux figé
sur ses traits, des yeux gris perçants qui brillaient à travers des lunettes
d'or. Dans son aspect il y avait quelque chose de la bienveillance de M.
Pickwick, que gâtait pourtant le mensonge de son sourire perpétuel et la
dureté de son regard. Sa voix était mielleuse et douce comme sa physio-
nomie. Il s'avança, sa petite main grasse tendue vers nous, et s'excusa de

ne pas nous avoir rencontrés, lors de sa première visite. Holmes n'eut pas l'air d'apercevoir ce geste et examina le personnage d'un air glacial. Le sourire de Milverton s'accentua ; il haussa les épaules, enleva son pardessus qu'il plia avec le plus grand soin et le posa sur le dossier d'une chaise, puis il s'assit.

– Ce monsieur ? fit-il en me regardant… Il n'y a pas d'indiscrétion ?… Est-ce bien correct ?…

– Le docteur Watson est à la fois mon ami et mon associé.

– Très bien, monsieur Holmes. C'est uniquement dans l'intérêt de votre cliente que je parle…, l'affaire est si délicate !

– Le docteur Watson est au courant de tout.

– Alors nous pouvons continuer. Vous m'aviez écrit que vous étiez le mandataire de lady Eva. Vous a-t-elle donné mandat d'accepter mes conditions ?

– Qui sont ?

– Sept mille livres.

– Sinon ?

– Il m'est pénible, cher monsieur, de discuter cette question, mais je dois vous affirmer que, si les fonds ne sont pas versés le 14 de ce mois, le mariage n'aura pas lieu le 18 !

Son sourire insupportable était devenu plus mielleux encore. Holmes réfléchit un instant.

– Vous me semblez, dit-il, prendre vos désirs pour des réalités. Je connais, bien entendu, le contenu de ces lettres. Ma cliente suivra certainement mes avis ; je lui conseillerai de raconter tout à son fiancé et de s'en remettre à sa générosité.

Milverton ricana.

– Vous ne connaissez certainement pas le comte, dit-il.

Je vis à l'expression de Holmes qu'il le connaissait fort bien.

– Les lettres sont, en somme, bien innocentes !

– Elles sont plutôt légères, oui, plutôt légères ! répondit-il. Votre cliente était une correspondante délicieuse, mais je puis vous affirmer que le comte de Dovercourt ne les apprécierait guère. Cependant, si vous pensez autrement, brisons-là ; c'est une simple affaire pour moi. Si vous croyez qu'il soit de l'intérêt de votre cliente de les laisser remettre au comte, il serait stupide de votre part de me payer une aussi forte somme pour les avoir en votre possession.

Il se leva et prit son pardessus. Holmes était blanc de colère et d'amour-propre blessé.

– Attendez un instant, dit-il, vous allez trop vite. Certainement, dans une affaire aussi délicate, nous ferons tous nos efforts pour éviter un scandale.

Milverton se rassit.

– J'étais bien sûr que c'est ainsi que vous comprendriez la chose, murmura-t-il.

– Je dois vous dire, continua Holmes, que lady Eva n'est pas riche. Je vous assure que deux mille livres constituent une somme considérable pour ses ressources, et que le prix que vous réclamez est absolument au-dessus de ses moyens. Je vous prie donc d'abaisser votre chiffre et de me remettre les lettres, contre le paiement de la somme que je vous propose ; il lui est impossible de la dépasser.

Milverton sourit encore.

– Je sais parfaitement que les ressources de cette jeune fille sont bien telles que vous me les indiquez, dit-il. Vous admettrez bien cependant qu'en vue d'un mariage projeté, ses parents et ses amis ne manqueront pas de faire quelques efforts en sa faveur. Ils peuvent hésiter sur le choix d'un cadeau à lui faire ; la remise du petit paquet de lettres en question, croyez-le, lui fera beaucoup plus de plaisir que tous les plats d'argent et les candélabres de Londres !

– C'est impossible ! dit Holmes.

– C'est vraiment dommage, dit Milverton, sortant de sa poche un gros portefeuille. Les femmes sont souvent mal avisées en ne voulant pas faire un petit effort. Voyez ceci !

Il montra à Holmes un billet enfermé dans une enveloppe à armoiries.

– Cela appartient, continua-t-il, à… mais je ne dois pas faire connaître le nom avant demain matin. À ce moment, ce billet sera entre les mains du mari de la dame, et, tout cela, parce qu'elle n'a pas voulu me verser une misérable somme qu'elle eût obtenue en moins d'une heure, en remplaçant ses diamants par des pierres fausses. C'est vraiment dommage ! Vous rappelez-vous la rupture brutale des fiançailles de l'honorable miss Miles et du colonel Dorkins ? Deux jours avant le mariage, il parut un entrefilet dans le Morning Post, annonçant à ses lecteurs que tout était rompu. Eh bien ! c'est incroyable ; une petite somme de douze cents livres aurait évité tout cela. N'est-ce pas triste ? Et c'est vous, un homme de bon sens, qui faites des difficultés sur le prix à payer, quand l'avenir et l'honneur de votre cliente sont en jeu ! Vous m'étonnez, monsieur Holmes !

– Je vous ai dit la vérité, répondit Holmes. Elle n'a pu se procurer la somme entière. Il vaudrait certainement mieux pour vous accepter la somme importante que je vous offre, plutôt que de ruiner l'existence de cette jeune fille sans aucun profit.

– En cela, vous vous trompez, monsieur Holmes. Un scandale me profite toujours, bien qu'indirectement. J'ai en ce moment huit ou dix affaires de ce genre sur la planche. Si les intéressés viennent à apprendre que j'ai fait un exemple en ce qui concerne lady Eva, je les trouverai bien plus faciles à raisonner. Vous voyez à quel point de vue je me place.

Holmes bondit sur sa chaise.

– Mettez-vous derrière lui, Watson, et ne le laissez pas sortir !… Maintenant, montrez-nous le contenu de votre portefeuille !

Milverton s'était glissé aussi vite qu'un rat, et se tenait adossé au mur.

– Monsieur Holmes ! monsieur Holmes ! dit-il en ouvrant son veston et en nous montrant dans la poche intérieure la crosse d'un revolver, je m'attendais bien à vous voir faire un acte original. On me l'a déjà souvent faite, celle-là… sans succès, d'ailleurs ! Je suis armé jusqu'aux dents et tout prêt à me servir de mes armes, car j'ai la loi pour moi. Et puis, vous vous trompez grossièrement, si vous croyez que j'ai les lettres dans ma poche. C'eût été trop bête ! Allons, messieurs, j'ai encore quelques rendez-vous ce soir et la course est longue pour retourner à Hampstead.

Il s'avança, reprit son pardessus tout en conservant une main sur la crosse de son revolver, et se dirigea vers la porte. Je saisis une chaise, mais

Holmes secoua la tête et je la reposai. Après nous avoir adressé un dernier sourire et un profond salut, il disparut ; quelques instants après, nous entendions la portière de sa voiture se refermer et l'équipage partir au trot.

Holmes s'assit, écœuré, près du feu, les mains dans ses poches, la tête penchée, le regard fixé sur la flamme. Pendant une demi-heure, il resta sans bouger, et sans dire une parole. Enfin avec le geste d'un homme qui vient de prendre une décision, il se leva brusquement et passa dans sa chambre ; bientôt après, un jeune ouvrier avec une barbiche en sortit et avant de descendre dans la rue, alluma sa pipe en terre à notre lampe.

– Je reviendrai tôt ou tard, Watson, dit-il.

Et il disparut dans la nuit.

Je compris qu'il avait commencé sa campagne contre Charles-Auguste Milverton, mais sans soupçonner l'étrange tournure que les choses allaient prendre.

Pendant plusieurs jours, je vis Holmes à toute heure du jour et de la nuit, aller et venir dans ce costume ; mais, sauf qu'il m'affirmait ne pas perdre son temps à Hampstead, j'ignorais tout ce qu'il complotait. Enfin, un soir de tempête, il revint de sa dernière expédition, se débarrassa de son déguisement, se tint devant le feu et partit d'un rire joyeux.

– Vous ne soupçonniez pas que j'allais me marier, Watson, dit-il.

– Oh ! cela non !

– Eh bien, je suis heureux de vous annoncer que je suis fiancé.

– Mon cher ami, je vous félici…

– À la femme de chambre de Milverton !

– Grand Dieu ! Holmes !

– J'avais besoin de renseignements, Watson.

– Vous êtes allé bien loin !

– Il fallait faire le saut ; je suis, pour elle, un plombier dont le commerce marche bien, et je m'appelle Escott. Je suis sorti tous les soirs avec elle et j'ai pu lui parler. Ciel, quelles conversations ! Je suis pourtant arrivé à savoir ce que je voulais et je connais la maison tout entière, sur le bout du doigt.

– Mais cette fille, Holmes ?

Il haussa les épaules.

– Que voulez-vous, mon cher Watson ? Il faut jouer tous ses atouts pour gagner une pareille partie ; mais, rassurez-vous, j'ai un rival qui ne manquera pas de me remplacer quand je me serai retiré. Quel temps merveilleux, ce soir !

– Vous trouvez ?

– Oui, merveilleux pour mes desseins : j'ai l'intention, Watson, de cambrioler cette nuit la maison de Milverton !

J'en perdis le souffle ; je me sentis glacé par ces paroles prononcées d'un ton qui n'admettait pas la réplique. J'eus, comme dans un éclair qui découvre l'horizon, une entière vision de tout ce qui pourrait advenir ; sa découverte, son arrestation, toute une existence d'honneur se terminant dans une catastrophe irréparable ; mon ami à la merci d'un homme comme Milverton !

– Pour l'amour de Dieu, Holmes, réfléchissez à ce que vous allez faire !
m'écriai-je.

– C'est tout réfléchi, mon cher ami. Je ne m'emballe jamais, et je n'aurais jamais choisi un terrain aussi dangereux si j'avais pu faire autrement.
Examinons les choses avec sang-froid et précision. Vous admettez bien
avec moi qu'au point de vue moral, cette action est juste si elle ne l'est pas
en droit strict. Cambrioler la maison de cet individu n'est pas un fait plus
grave que de lui arracher de vive force son portefeuille, et pourtant, vous
étiez prêt à m'aider à le faire.

Ceci me força à réfléchir.

– Oui, dis-je, cela peut se justifier au point de vue moral, si nous n'avons
pour but que de nous emparer de ces lettres dont il veut se servir dans un
but illégal.

– Précisément. Puisque vous estimez que la chose n'est pas contraire à
la morale, il ne reste à envisager que la question des risques personnels à
courir. Un galant homme n'a pas à se préoccuper de cette question lorsque
c'est une femme affolée qui vient lui demander son appui.

– Vous vous mettrez dans une position bien fausse !

– C'est vrai, mais cela fait partie des risques. Je ne vois d'ailleurs pas
d'autre moyen possible pour reprendre ces lettres. Cette malheureuse
femme n'a pas la somme suffisante, et elle ne peut se confier à aucun de
ses parents. Demain est le dernier jour de grâce et, à moins que nous ne
nous emparions cette nuit de la correspondance, le gredin tiendra parole
et ruinera les projets de cette infortunée. Il me faut donc abandonner ma
cliente à son triste sort, ou jouer ma dernière carte. Entre nous, Watson,

c'est un duel entre Milverton et moi. Il a, comme vous le voyez, toutes les chances de son côté, mais mon amour-propre et ma réputation exigent que je gagne la partie.

– Tout cela ne me plaît pas, mais je crois que c'est nécessaire, répondis-je. Quand partons-nous ?

– Vous ne m'accompagnerez pas.

– Alors vous n'irez pas ! répondis-je. Je vous donne ma parole d'honneur, et, jamais je n'y ai manqué, que je sauterai dans un cab et me ferai conduire au bureau de police le plus proche pour vous dénoncer, à moins que vous ne me laissiez partager votre aventure.

– Vous ne pouvez m'être d'aucun recours.

– Qu'en savez-vous ? Il est impossible de prévoir ce qui peut arriver. En tout cas, ma résolution est prise. Vous n'êtes pas le seul à avoir souci de votre amour-propre et de votre réputation.

Holmes avait paru soucieux, mais son visage se rasséréna et il me frappa sur l'épaule.

– Allons, qu'il en soit ainsi ! Nous avons, pendant des années, partagé le même appartement, ce serait étrange s'il nous arrivait de partager aussi la même cellule. Voyez-vous, mon cher Watson, j'ai toujours eu l'idée que j'aurais fait un criminel de premier ordre… tenez, voyez donc !

Il prit un petit étui, l'ouvrit et me montra un certain nombre d'outils brillants.

– Voici une trousse de cambrioleur dernier modèle, avec une pince-monseigneur nickelée, un diamant, des fausses clefs, et tous les outils que réclame une civilisation avancée. Voici ma lanterne sourde… Allons, tout est en ordre. Avez-vous des souliers qui ne fassent pas de bruit ?

– J'ai des souliers de tennis, à semelle de caoutchouc.

– C'est parfait. Et un masque ?

– Je puis en faire deux avec de la soie noire.

– Je vois que vous avez des dispositions pour ce genre de travail. Eh bien ! vous ferez les masques. Il faut manger un peu avant de partir ; il est maintenant neuf heures et demie ; à onze heures nous prendrons un cab, jusqu'à Church Row, d'où il y a un quart d'heure de marche jusqu'à Appledore Towers. Nous serons au travail avant minuit. Milverton a le sommeil très dur et se couche toujours à dix heures et demie. Avec un peu de chance, nous pouvons être de retour ici à deux heures, avec les lettres de lady Eva dans ma poche.

Holmes et moi partons alors en habit de soirée, de manière à pouvoir passer pour des personnes sortant du théâtre. À Oxford Street, nous prenons un cab et nous nous faisons conduire jusqu'à Hampstead. Nous réglons le cocher, et, après avoir boutonné jusqu'au cou nos pardessus, car il faisait un froid glacial et le vent nous fouettait de face, nous marchons le long des bords de Hampstead Heath.

– Voilà une affaire qui demande à être traitée délicatement, dit Holmes. Ces documents se trouvent dans le coffre-fort placé dans le bureau qui précède sa chambre à coucher. Comme tous les hommes petits et obèses qui ne se refusent rien, Milverton a le sommeil très lourd. Agathe (c'est ma fiancée) dit que, dans le monde des domestiques, c'est une joie de savoir qu'on ne peut réveiller le maître. Il a un secrétaire, son âme damnée, qui ne quitte jamais son cabinet pendant la journée ; c'est pourquoi il nous faut y aller la nuit. Il a également un énorme chien, qu'il laisse errer en liberté dans le jardin. J'ai eu des rendez-vous avec Agathe ces deux dernières nuits, et elle a mis l'animal sous clef afin de me donner le champ libre ; tenez, voici la maison, au milieu de cette propriété. Traversons la grille et cachons-nous dans les lauriers ; c'est le moment de mettre nos masques. Vous voyez, il n'y a aucune lumière aux fenêtres ; tout marche donc à souhait.

Bientôt nous attachions nos masques de soie noire, qui nous faisaient ressembler tous les deux à des bandits de Londres, et nous nous dirigions vers la maison sombre et silencieuse. Une vérandah, percée de deux fenêtres et deux portes, s'étendait sur l'un de ses côtés.

– Voici sa chambre à coucher, murmura Holmes ; cette porte donne accès dans son cabinet. Ce serait par là qu'il faudrait entrer, mais elle est si bien verrouillée que nous ferions trop de bruit en essayant. Venez par ici ! Voici une serre qui donne dans le salon.

La porte était fermée, Holmes fit sauter un carreau de vitre et put faire tourner la clef. Un instant après nous étions devenus des criminels aux yeux de la loi.

La température chaude de la serre et le parfum des fleurs exotiques nous prenaient à la gorge. Holmes me saisissait la main dans l'obscurité et me conduisait à travers les arbustes dont les branches nous fouettaient le visage ; il avait, par une longue habitude, accoutumé ses yeux à voir dans les ténèbres. Tout en me tenant la main, il ouvrait une porte et nous pénétrions dans une pièce où mon odorat me faisait percevoir l'odeur d'un cigare. Il tâtonna alors le long des meubles, puis ouvrit une autre porte qu'il ferma derrière nous. Je sentis, contre la muraille, des vêtements suspendus, et je me rendis compte que nous nous trouvions dans un vestibule ; nous le traversâmes, et Holmes ouvrit sans bruit une autre porte à droite. Quelque chose bondit sur nous ; mon sang ne fit qu'un tour, je m'aperçus enfin, en souriant, que c'était un chat. Le feu brûlait dans la cheminée et l'atmosphère était également imprégnée de tabac. Holmes marcha sur la pointe des pieds et m'attendit ; puis, très doucement, referma la porte. Nous nous trouvions dans le cabinet de Milverton, séparé de la chambre à coucher par une seule portière.

Le feu brillait et éclairait toute la pièce. J'aperçus, près de la porte, le bouton électrique : c'eût été une imprudence inutile de le tourner, car il faisait suffisamment clair. À côté de la cheminée se trouvait, couverte par un rideau épais, la fenêtre que nous avions aperçue de l'extérieur ; de l'autre côté, la porte s'ouvrait sur la vérandah ; un bureau, près duquel était placée une chaise tournante en cuir rouge, occupait le centre. En face, une bibliothèque surmontée d'un buste de Minerve ; dans un coin, entre la bibliothèque et le mur, un immense coffre-fort en bronze vert, sur lequel étincelait la flamme de la cheminée, tel était l'ameublement. Holmes traversa la pièce, regarda le coffre-fort, puis se dirigea vers la porte de la chambre à coucher et introduisit la tête pour écouter. Aucun bruit ne s'y faisait entendre. Je pensai en moi-même qu'il serait prudent de se ménager une retraite par la porte extérieure et je l'examinai. À mon grand étonnement, elle n'était ni verrouillée, ni fermée à clef ! Je pris Holmes par le bras et il retourna sa face couverte de son masque dans cette direction. Je le vis sursauter ; il était, évidemment, aussi surpris que moi-même.

— Je n'aime pas cela, murmura-t-il à mon oreille. Je ne puis comprendre… en tout cas, nous n'avons pas de temps à perdre.

— Puis-je vous être utile ?

— Oui, tenez-vous près de la porte. Si vous entendez venir quelqu'un, poussez le verrou, et nous partirons par où nous sommes venus. Si l'on entre par l'autre porte, nous nous sauverons par celle-ci, si notre affaire est terminée ; dans le cas contraire, nous nous cacherons sous les rideaux de la fenêtre ; comprenez-vous ?

Je fis un signe affirmatif et je me tins près de la porte. Mon premier sentiment de crainte était disparu, et je sentais un frisson d'intérêt plus puissant que lorsque nous agissions pour l'exécution des lois. Le but élevé qui nous avait guidés, l'idée que nous obéissions à un sentiment chevaleresque, dans lequel l'égoïsme n'avait nulle part, le caractère odieux de notre adversaire, tout cela s'ajoutait à l'attrait de cette aventure de dilettante. Loin de me sentir coupable, je me réjouissais et m'exaltais à la pensée du danger que nous courions ; avec un sentiment d'admiration pour Holmes, je le regardais choisissant dans sa trousse les instruments nécessaires avec le sang-froid d'un chirurgien qui va procéder à une opération délicate. Je savais que l'ouverture d'un coffre-fort était un jeu pour lui, et je compris la satisfaction qu'il éprouvait à attaquer ce monstre de fer et d'or, ce dragon qui renfermait dans son sein la réputation et l'honneur de tant de femmes séduisantes. Après avoir relevé les manches de son habit, il posa son pardessus sur une chaise, prit deux vrilles, une pince-monseigneur et plusieurs fausses clefs. Je me tenais non loin de la porte, surveillant les entrées, et prêt à toute éventualité, tout en n'ayant pas une idée bien arrêtée de ce que nous ferions si nous étions interrompus. Pendant une demi-heure, Holmes travailla avec une énergie soutenue, posant un outil pour en reprendre un autre et se servant de chacun avec la force et l'adresse d'un mécanicien consommé. Enfin, j'entendis un « clic » ; la grande porte s'ouvrit, et j'aperçus un nombre considérable de petits dossiers, ficelés, scellés et portant tous une inscription. Holmes en prit un, mais, comme le feu s'éteignait, il était difficile de le lire ; il sortit donc sa petite lanterne sourde, car, Milverton devant se trouver dans l'autre pièce, il eût été fort dangereux d'allumer l'électricité. Tout à coup, je le vis s'arrêter, immobile, et écouter attentivement. En un clin d'œil il avait fermé la porte du coffre-fort, repris son pardessus, remis ses outils dans sa poche et s'était caché derrière un des rideaux de la fenêtre en me faisant signe de l'imiter.

Ce fut seulement en le rejoignant que je compris ce qui avait alarmé ses sens plus subtils que les miens. Un bruit se faisait entendre dans la maison ; une porte éloignée s'était fermée avec fracas. J'entends enfin un bruit de pas lourds qui s'approchent rapidement. Ils traversent la galerie, s'arrêtent à la porte qui s'ouvre. Un bruit métallique résonne dans l'obscurité, la lumière électrique jaillit, la porte se referme, et nous sentons l'odeur d'un cigare, tandis que les pas vont et viennent à quelques mètres de nous. Enfin j'entends remuer une chaise ; les pas cessent, une clé grince dans une serrure et je perçois un froissement de papiers.

Jusqu'alors, je n'avais pas osé regarder, mais enfin j'écartais doucement les rideaux et risquais un coup d'œil. Je sentais l'épaule de Holmes contre la mienne et je comprenais que, lui aussi, observait. À deux pas de nous, je distinguais le dos rond de Milverton. Il était évident que nous nous étions trompés sur ses agissements, qu'il n'avait pas mis le pied dans sa chambre à coucher, mais qu'il avait dû passer la soirée dans une salle quelconque de l'autre aile de la maison, dont nous n'avions pas aperçu les fenêtres éclairées. Sa tête grisonnante et chauve était dans notre axe ; il était étendu dans sa chaise en cuir rouge, les jambes allongées, et fumait un gros cigare. Il portait un veston d'appartement couleur lie de vin avec un col en velours noir, et tenait à la main un papier timbré qu'il lisait avec nonchalance, tout en lançant des bouffées de fumée. Son attitude confortable ne paraissait pas indiquer qu'il dût se décider bientôt à nous laisser le champ libre.

Holmes me serra la main pour me rassurer ; il voulait évidemment me faire comprendre qu'il était maître de la situation et que tout allait bien. Je ne savais pas s'il avait pu voir, comme moi-même, que la porte du coffre-fort était imparfaitement close et que Milverton pourrait le remarquer ; en moi-même j'étais décidé, si je me rendais compte par son regard qu'il s'en était aperçu, à me précipiter sur lui en lui jetant mon pardessus sur la tête, et de laisser à Holmes le soin de faire ce qu'il jugerait utile. Milverton ne leva pas la tête, intéressé sans doute par le document qu'il lisait en tournant les pages. Je pensais cependant qu'après avoir fini sa lecture et terminé son cigare, il passerait dans sa chambre ; mais avant qu'il en fût ainsi, notre attention fut détournée par un nouvel incident.

J'avais pu observer qu'à plusieurs reprises Milverton avait examiné sa montre, s'était levé, puis rassis avec un geste d'impatience. L'idée qu'il pouvait avoir un rendez-vous à pareille heure ne m'était pas venue à l'esprit jusqu'au moment où j'entendis un faible bruit dans la vérandah extérieure. Milverton laissa tomber ses papiers et se tint droit sur son fauteuil. Le bruit se renouvela, puis j'entendis un léger coup frappé à la porte. Milverton se leva et l'ouvrit.

– Eh bien, fit-il sèchement, vous êtes près d'une demi-heure en retard !

C'était donc là le motif pour lequel la porte n'était pas fermée, c'était là l'explication de l'attente de Milverton ! On entendit un frou-frou de robe. Je fermai les rideaux, car il avait regardé de notre côté. Quand il eut le dos tourné, je les entr'ouvris à nouveau. Il s'était assis, son cigare insolemment planté dans le coin de sa bouche ; devant lui, éclairée violemment par la lumière électrique, se tenait une femme grande, mince et brune, dont une voilette épaisse couvrait le visage ; un long manteau l'enveloppait tout entière. Sa respiration était haletante et l'on sentait que son visage devait frissonner sous l'empire d'une vive émotion.

– Eh bien, dit Milverton, vous m'avez fait perdre une bonne nuit, ma chère ! J'espère que vous me revaudrez cela. Vous ne pouviez donc pas venir à un autre moment, hein ?

La jeune femme secoua la tête.

– Eh bien, si vous n'avez pas pu, tant pis ! Si la comtesse est dure pour vous, vous la tenez maintenant ! Mais, pourquoi trembler ainsi, ma fille ?… remettez-vous. Allons ! à nos affaires maintenant. Vous m'avez écrit que vous aviez cinq lettres compromettant la comtesse d'Albret et que vous désiriez les vendre ; moi, je suis tout disposé à les acheter. Nous sommes donc d'accord et il ne nous reste qu'à fixer le prix. Je voudrais d'abord les examiner. Si elles sont intéressantes… Bonté divine ! est-ce vous ?

L'inconnue, sans une parole, releva sa voilette et laissa tomber son manteau. J'aperçus une figure sombre mais belle, un nez aquilin, des sourcils épais qui cachaient des yeux durs et brillants, des lèvres minces, sur lesquelles se dessinait un sourire menaçant.

— C'est moi, dit-elle, moi ! la femme dont vous avez ruiné la vie !

Milverton se mit à rire, mais on devinait la crainte sous ce rire.

— Vous avez été si entêtée, dit-il, pourquoi m'avoir poussé à bout ? Je ne ferais pas volontairement du mal à une mouche, mais chaque homme a son métier, n'est-ce pas ? Que pouvais-je faire ? Mon prix correspondait à vos moyens ; vous n'avez pas voulu payer.

— Alors vous avez envoyé les lettres à mon mari, à lui, l'homme le plus noble qui ait jamais existé, un homme dont je n'étais pas digne de dénouer les souliers. Cela lui a brisé le cœur et il en est mort. Vous vous rappelez la nuit où je suis venue ici pour vous supplier à genoux d'avoir pitié… vous m'avez ri au nez, comme vous le feriez en ce moment si vos lèvres ne tremblaient pas. Oui… vous pensiez bien ne jamais me revoir ici, mais, ce soir-là, j'avais compris ce qu'il fallait faire pour vous rencontrer seul à seul. Eh bien, Charles Milverton, qu'avez-vous à dire ?

— Ne croyez pas que vous pourrez m'intimider, fit-il en se levant, je n'ai qu'à élever la voix et appeler mes domestiques pour vous faire arrêter immédiatement. Mais je veux bien faire la part de votre colère légitime… Sortez d'ici de suite, et je ne dirai rien.

La femme se tenait la main cachée dans son corsage, elle avait aux lèvres le même sourire plein de menaces.

– Vous ne ruinerez plus une existence comme vous avez ruiné la mienne ! Vous ne briserez plus un autre cœur comme vous avez brisé le mien ! Je vais débarrasser le monde d'un reptile comme vous !… Ramassez cela, chien !… et cela ! et cela !… et cela !… et cela !

Elle avait saisi dans son corsage un petit revolver et avait vidé le barillet à bout portant dans la poitrine de Milverton qui, s'affaissant sur la table, essayait encore d'y reprendre ses papiers. Il se releva, reçut un dernier coup et roula par terre.

– Vous m'avez achevé ! dit-il.

Et il ne bougea plus.

La femme l'examina et lui porta un coup de talon au visage. Il ne fit aucun mouvement. L'air frais de la nuit pénétra dans la pièce surchauffée… la vengeresse avait disparu !

Rien ne pouvait sauver cet homme de son destin. Au moment où j'avais eu l'intention de me montrer pour enlever le revolver de cette femme, j'avais senti la main froide de Holmes saisissant mon poignet pour me retenir. J'avais compris la signification de cette étreinte. Nous n'avions pas à intervenir, c'était la Justice qui punissait un bandit ; nous ne devions pas perdre de vue le but de notre œuvre. À peine la femme avait-elle quitté l'appartement que Holmes se dirigeait vers l'autre porte. La clef était dans la serrure ; en même temps, nous entendions dans la maison le bruit de pas rapides. Les coups de feu avaient réveillé les domestiques. Avec un calme parfait, Holmes alla au coffre-fort, saisit un monceau de lettres dans ses bras, et les jeta au feu ; il recommença cette opération jusqu'à ce que le coffre-fort fût vide. On avait frappé à l'extérieur de la porte et tourné la poignée. Holmes jeta un regard rapide autour de lui. La lettre qui avait été la cause de la mort de Milverton était sur la table, tachée de son sang. Holmes la jeta au milieu des papiers enflammés ; puis il prit la clef de la porte extérieure, sortit après moi et la referma.

– Par ici, Watson ! nous pouvons escalader le mur du jardin de ce côté ! dit-il.

Je n'aurais jamais cru que l'alarme eût pu être donnée aussi rapidement. En regardant derrière moi, j'aperçus la maison et l'examinai ; la porte principale était ouverte et l'on voyait des ombres noires qui sillonnaient l'avenue. Tout le jardin semblait animé ; un garçon poussa un cri d'appel en nous voyant sortir de la vérandah et nous suivit de près. Holmes semblait connaître parfaitement les lieux, et il trouva également son chemin à travers un bosquet de jeunes arbres. Je le suivais tandis que le domestique essoufflé courait derrière moi. Un mur de six pieds nous barrait le passage : mon ami le franchit d'un bond et je l'imitais, quand je me sentis saisi par la jambe. Un coup de pied vigoureux me débarrassa de cette étreinte et je tombai de l'autre côté dans les buissons. En un instant, Holmes m'a relevé, et nous courons à travers Hampshead Hill, pendant deux milles au moins. Holmes s'arrête alors et écoute attentivement ; tout est silencieux derrière nous, notre piste est perdue, nous sommes sauvés !

Le lendemain de cette aventure, nous étions chez nous en train de fumer après notre déjeuner, quand M. Lestrade, de Scotland Yard, fut introduit dans notre modeste salle à manger. Il avait pris son air le plus solennel.

– Bonjour, monsieur Holmes, bonjour ! dit-il. Êtes-vous bien occupé en ce moment ?

– J'ai toujours le temps de vous écouter.

– J'ai pensé que, peut-être, si vous n'aviez rien de pressé, vous voudriez bien nous aider dans une affaire très grave qui s'est passée à Hampstead cette nuit.

– Vraiment ? dit Holmes, de quoi s'agit-il ?

– Un assassinat des plus corsés. Je connais votre habileté et je serais très heureux si vous vouliez nous accompagner à Appledore Towers, pour nous donner votre avis. Ce n'est pas un crime banal. Il y a longtemps que nous nous occupions de M. Milverton. Entre nous, c'était une profonde canaille. Nous savions qu'il collectionnait des papiers en vue de chantages ; tous ces papiers ont été brûlés. Aucun objet de valeur n'a été touché, il est donc probable que les assassins étaient des hommes du monde qui ont voulu empêcher un scandale.

– Les assassins ! dit Holmes, ils étaient plusieurs ?

– Oui, ils étaient deux, et on a bien failli les prendre en flagrant délit. Nous avons l'empreinte de leurs pieds, leur signalement, et par conséquent dix chances pour une de les découvrir. Le premier était très alerte, mais le second a été saisi par un aide jardinier et n'a pu s'échapper qu'après s'être débattu. Il est de taille moyenne, fortement bâti, la mâchoire cassée, le cou épais, une moustache épaisse, un masque sur la figure.

– C'est un peu vague, dit Sherlock Holmes. Cela correspondrait aussi bien au signalement de Watson.

– C'est vrai, dit l'inspecteur en riant. Ce serait bien là, en effet, le signalement du docteur Watson.

– Je crains bien de ne pas vous aider, dit Holmes ; je connaissais Milverton et le considérais comme un homme des plus dangereux de Londres. J'estime qu'il y a certains crimes que la loi ne peut atteindre et qui justifient une vengeance privée. Non, c'est inutile d'insister, j'ai des idées arrêtées là-dessus ; ma sympathie serait plutôt pour les assassins que pour la victime et je ne veux pas me mêler de cette affaire !

Holmes ne m'avait pas encore parlé du drame dont nous avions été les témoins et je remarquai que, pendant toute la matinée, il était resté pensif, il avait l'air d'un homme qui recherche dans ses souvenirs. Pendant notre déjeuner, tout à coup, il bondit.

– Pardieu ! Watson, j'ai trouvé, prenez donc votre chapeau et venez avec moi.

Il descendit vivement avec moi Baker Street, Oxford Street jusqu'à Regent's Circus. Là, à gauche, se trouve un magasin à la vitrine duquel sont exposées les photographies des célébrités et des beautés du moment. Les yeux de Holmes se fixèrent sur l'une d'elles et j'aperçus l'image d'une femme à la beauté royale et grandiose, en costume de cour, avec un diadème de diamants sur sa noble tête. Je remarquai la courbe gracieuse de son nez, ses sourcils épais, sa bouche droite, son menton énergique. Ma respiration s'arrêta quand je lus le nom de l'homme politique aussi illustre par sa situation que par sa noblesse, dont elle avait été la femme.

Mes yeux rencontrèrent ceux de Holmes, qui posa un doigt sur ses lèvres quand nous nous détournâmes de la vitrine.